一　片
油菜花

花|鸟|山|海|集

[日]三好达治　等　著

应中元　译

万卷出版有限责任公司
VOLUMES PUBLISHING COMPANY

图书在版编目（CIP）数据

一片油菜花 / （日）三好达治等著；应中元译 .
沈阳：万卷出版有限责任公司，2024.10（2025.4重印）.
ISBN 978-7-5470-6572-3

Ⅰ . I313.25

中国国家版本馆 CIP 数据核字第 2024GU5755 号

出 品 人：王维良
出版发行：万卷出版有限责任公司
　　　　　（地址：沈阳市和平区十一纬路 29 号　邮编：110003）
印 刷 者：辽宁新华印务有限公司
经 销 者：全国新华书店
幅面尺寸：130mm×212mm
字　　数：130千字
印　　张：7.5
出版时间：2024年10月第1版
印刷时间：2025年4月第2次印刷
责任编辑：张洋洋
责任校对：张　莹
装帧设计：姿　兰
ISBN 978-7-5470-6572-3
定　　价：78.00元
联系电话：024-23284090
传　　真：024-23284448

PREFACE_序

中元的第一本译诗集《深夜的雪》问世于2005年，距今已18年。这期间，繁忙的政务使他无法继续翻译，但他胸中文学翻译的火苗一直在燃烧，并且在扎扎实实地准备着。这不，就在今年年初他工作变动稍有闲暇，便迫不及待地重拾译笔，用半年多时间完成了第二本译诗集《一片油菜花》。他的执着与勤奋令人钦佩。

日本国土狭长，四季分明，日本人在享受着自然恩惠的同时，也承受着自然带来的苦难。自然不仅直接影响着人们的现实生活，也深刻地影响着人们的精神世界。长期封闭的地理环境和频繁变化的自然景物，养成了日本人特有的自然观和对自然敏锐的感受力。尊重自然、热爱自然的日本人，将花、鸟、山、海等自然景物作为情感的寄托，创作出数不清的诗歌名篇。

《一片油菜花》正是抓住了日本诗歌创作的主要题

材，从浩瀚的篇什中选出近现代几十位诗人的百余首代表作品，结集翻译出版，体现出译者坚实的阅读功底和对日本诗歌的品鉴能力。

近些年来，进入我国日本文学翻译界的翻译理论林林总总，围绕日本诗歌翻译的主张也不相同。对中元运用哪种翻译理论，采取什么样的策略翻译诗歌的问题，我没有向他求证过。但通过对照原文读他的译作后发现，中元在翻译中一直坚持自己的翻译原则与策略，其似可概括为：在全面理解原诗的基础上，发挥汉语的优势，从整体上再现原作的意义、内容、思想、感情，并注意原诗的节奏与形式上的特点。下面结合译诗进行具体分析：

《风景——银色的拼图》是山村暮鸟的特色诗作。日语全诗都使用平假名书写，没有使用一个汉字。全诗共有3节27行，每节9行，每行9个假名，而且27行中有24行是完全相同的句子（汉语意为"一片油菜花"），只有每节的第8行不同。作者试图用每节的8次重复排列，从视觉上展现出一望无际的金黄色的油菜花花海。而每节的第8行分别使用了"麦秆哨""云雀声""上弦月"，对它们所表达的意境试作如下分析：

第1节的"麦秆哨"：沉浸在人影皆无、无比宁静的花海中凭耳细听，竟然传来似有似无的<u>丝丝麦笛声</u>。

通过视觉世界与听觉世界的碰撞，造成视角从视觉移动到听觉。然而，在之后第9行，又重新把视角拉回"一片油菜花"上。第2节的"云雀声"：与第1节的"麦秆哨"类似，视角也是由视觉转向听觉，但发出声音的位置不相同。第2节的"雀鸟不停的叫声"并非来自地面，而是从空中发出。从"喋喋不休"中传出的是热闹愉快和天真无邪的明朗感，给人心旷神怡的感觉。与第1节相同，第9行视角又重新回到"一片油菜花"；第3节的"上弦月"：是一种视觉的对比表达。"上弦月"意为昼间泛着白光的月亮，即半月，与油菜花的鲜艳景象形成鲜明对比，略带苍白的淡月让油菜花更加突出。再者，昼间月亮的位置比不停叫着的云雀鸟更高，使得视觉范围扩大。而后，第9行视角又重新回到"一片油菜花"。诗的结尾处有一个全诗唯一的句号，象征在无限广阔的油菜花花海中嵌入了"麦笛"、"云雀"和"淡月"，完成了马赛克画作的拼图。至于本首诗的副标题之所以写作"银色的拼图"，可能是因为广阔的油菜花田被明亮的春天阳光照射，闪闪发光，呈现出一片银色；再者，"雀鸟"和"悬半月"也闪烁着银色光芒，构成了一幅纯银色的马赛克风景画。对这首诗如果采用词句对译的方式翻译，译出的汉语会很怪异，很难说是诗。中元在全面理解原诗意义、感情的基础上，利用汉语的优势，做了成功的尝试。他注意再现原诗优美的节奏，保留了原诗每节9行、全诗27行的句式，而对原诗蕴含的意义、感情等进行了重组，较好地实现了"再创作"：

一片油菜花

一望无际到天边

一片油菜花

漫山遍野花烂漫

一片油菜花

春风拂面醉心田

一片油菜花

麦秆哨声轻轻响

每朵花儿听得见

一片油菜花

一望无际到天边

一片油菜花

漫山遍野花烂漫

一片油菜花

春风拂面醉心田

一片油菜花

云雀声声叫不停

每朵花儿听得见

一片油菜花

一望无际到天边

一片油菜花

漫山遍野花烂漫

一片油菜花

春风拂面醉心田

一片油菜花

正午高空悬半月

花月辉映美无限

下面是一首题为《一天》的"感物吟志"的短诗，借洁白的玉兰花跌落言看淡生死之志。作者在翻译过程中把原诗表现跌落声音的一句分译为两句，凸显出跌落声的明快与轻松；再者是在两个"再见"前添加了"似乎在说"，"再见"用了"再见了"，这就使花活了起来，仿佛在离开时作着淡淡的告别。这样的诗会打动读者，启迪人心，表现了玉兰花活着表里清白，走时利落轻松：

玉兰花

啪的一声落下

啊

听起来多么明亮

听起来声音很大

似乎在说

再见了

再见了

下面是三好达治的短诗《郁金香》。诗歌用"振翅声""微风""红房子"，按听觉、触觉、视觉的顺序，把读者带入平静、安闲的风景之中。译诗最后的"一片寂静"是译者添加的，可谓是画龙点睛之笔，更能唤起读者的共鸣：

蜜蜂的振翅声

消失在郁金香的花丛中

微风中隐约可见

迎客的红房子，一片寂静

室生犀星的《笔直耸立的你》是一首写山的作品。

也许是为了强调各种不同赞美的表达，原文一共只有9行的诗，竟用了8个句号。译者在体会作者用意、感情之后，用中式的语言一气呵成，造成一种紧迫之势，再现了岩壁、山谷的巍峨、险峻之美：

山，山山相连

黑宾加峡谷的峭壁

你是峡谷中笔直耸立的英雄

不知道这个称呼是否合适

到处都是你笔直耸立的身影

也许你的根

已深深扎在千年的岩石中

你们排列在一起

奔腾咆哮，形成绝美的风景

佐藤春夫的《大海里的年轻人》是一首以海为背景的作品。诗歌塑造了一个生于海、长于海、工于海、葬于海、永生于海、不染俗污的崇高形象。原诗语言朴素、平白，似乎静静地讲述了一个大海孕育的故事。译者较好地把握住了原诗的风格，读译诗有如读原诗之感：

年轻人在大海里出生

风帆的乳汁把他筋骨铸就

他快速地长大

仿佛长成参天大树

一天，他出海再没回来

波浪再没把他送回原处

也许他用坚实的脚步

大踏步地走进了大海的深处

活着的伙伴

哭着为他修了小小的坟墓

诗歌按形式分类，可分为定型诗（格律诗）和自由诗。定型诗指具有一定的形式和音数、韵律，按传统诗歌形式创作的诗。中国的律诗、绝句，欧美的十四行诗，日本的和歌（短歌，按5、7、5、7、7音节排列）、俳句（按5、7、5音节排列）等应属此类。围绕日本和歌、俳句的汉译形式，即定型还是不定型，如定型，是"5、7、5、7、7""5、7、5"还是别的形式问题，我国日本文学界曾展开过热烈的争论。在与中元的交流中了解到，中元还是倾向按日本原诗音节数定型的。下面是与谢野晶子的两首和歌：

三

秋天的傍晚

拉拽牵牛花枯枝

竟有新发现

那山茶花的蓓蕾

静静孕育在下面

五

仿佛涂上了

那淡蓝色的天空

白色野菊花

一路绵延地绽放

好像把天空触碰

日本的和歌高度浓缩且多用文语写成，译者在保留"5、7、5、7、7"的音律后，用口语体作阐释性的翻译，传达出了原作的音、形、意之美。

译诗集中有一首蒲原有明模仿罗塞蒂常用的十四行诗形式，用文言文写的《茉莉花》。蒲原有明是20世纪初日本的著名诗人，他的作品多是象征诗，这首便是代表，充分表现出了浪漫主义的新风。诗人借"茉莉花"娇艳欲滴的花朵和沁人心脾的芳香，描绘出了一位楚楚动人、充满了诱惑力的年轻女性形象。译者在保留原"4、4、3、3"十四行格式的基础上，用汉语口语体完成翻译，传达出了原诗的浪漫主义情调和音、形之美。

我呜咽着叹息着心中的忧伤
轻轻纱帐在阳光下透明闪亮
映出你的姣容仿佛花儿一样
明媚的田野茉莉花依然芬芳

摄魂的声声细语在心中回荡
我愿拥抱着你一任泪水流淌
忧伤说不出来，梦不会松绑
隐隐的痛从此刻印在我心上

那一夜啊你离开了我的目光
寂静的夜传来霓裳飒飒作响
我只想说我的心已碎神已伤

你的房间飘荡出那茉莉花香
也有你的微笑随着花香荡漾
沁入我的身体也治疗我的伤

翻译界常说"有多少个翻译家就有多少个莎士比亚",意思是说,不同的翻译者由于知识、经历、文化背景等的不同,翻译观自然不同,翻译作品体现出的主观色彩也不一样。这应该是允许并值得提倡的。当然,最终评价翻译成功与否完全在于广大读者读后的感受。

我期待中元坚持自己日本诗歌汉译的主张并继续尝试,采撷日本诗歌的花鸟情韵、山海律动,用以丰富我国的译苑。

陈　岩

2023 年国庆于大连

CONTENTS_目录

◇ 山之篇

◇·海之篇

花之篇

一片油菜花

一望无际到天边

一片油菜花

漫山遍野花烂漫

一片油菜花

春风拂面醉心田

一片油菜花

云雀声声叫不停

每朵花儿听得见

小景异情

室生犀星

之五

我心里怀着某种渴望

所以勤奋地写着诗歌

梅花、李花一起开了

我沐浴着李树的绿色

享受着田野间的闲暇

今天又被母亲斥责了

我悄悄躲在了李树下

之六

杏树啊

开花吧

快照耀大地吧

杏树啊开花吧

杏树啊燃烧吧

啊，杏树开花
看漫山的杏花

室生犀星 ｜ （1889—1962）诗人、小说家。主要作品有《爱的诗
集》《抒情小曲集》《铁集》等。

风　景

——银色的拼图

| 山村暮鸟

一片油菜花

一望无际到天边

一片油菜花

漫山遍野花烂漫

一片油菜花

春风拂面醉心田

一片油菜花

麦秆哨声轻轻响

每朵花儿听得见

一片油菜花

一望无际到天边

一片油菜花

漫山遍野花烂漫

一片油菜花

春风拂面醉心田

一片油菜花

云雀声声叫不停

每朵花儿听得见

一片油菜花

一望无际到天边

一片油菜花

漫山遍野花烂漫

一片油菜花

春风拂面醉心田

一片油菜花

正午高空悬半月

花月辉映美无限

山村暮鸟　│　（1884—1924）诗人、儿童文学作家。主要作品有《圣三棱玻璃》《风对草木细语》《云》《散散的完满》等。

一　天

│ 山村暮鸟

玉兰花

啪的一声落下

啊

听起来多么明亮

听起来声音很大

似乎在说

再见了

再见了

牵牛花

| 山村暮鸟

瞬间
原来是如此珍贵啊
像牵牛花昙花一现
像新月轻轻挂天边

我看见了

｜ 千家元麿

我看见了

两三位纺织女工

好像在假日里出来散步休息

欣赏着河滩上野蔷薇的茂密

她们折下白花的花枝

围着野蔷薇盛开时的身影

看起来非常美丽

我在堤坝上看着她们入迷

千家元麿 （1888—1948）诗人。主要作品有《我看见了》《虹》
《原野之光》《新生的喜悦》《夜河》等。

彼岸花

｜北原白秋

小姑娘，小姑娘，你要去哪里
那墓地里鲜红的彼岸花
彼岸花，今天我又来摘下

小姑娘，小姑娘，摘几朵啊
地上有七朵
像血一样红，像血一样红
正如你那早逝的芳华

小姑娘，小姑娘，你要保重啊
摘下一朵花
正午时分，太阳高挂
摘下一朵花，枝又发芽

小姑娘，小姑娘，为什么哭了

摘不尽的彼岸花

摘不尽的彼岸花

那地上还开着

红得瘆人的七朵彼岸花

北原白秋 ｜（1885—1942）诗人、歌人。主要作品有《邪教》《回
忆》《水墨集》《云母集》等。

微微地开

| 北原白秋

罂粟花开了

微微地开了

一朵又一朵

在温柔的麦田里

微风轻轻地摇曳

在夕阳西下的薄暮里

月亮升起旷野的寂寞

钢琴弹出缠绵的叹息

暮色苍茫时泪眼婆娑

但我心中的罂粟

仍微微地绽开着

略带忧愁的红色

在温柔的麦田里
微风轻轻地摇曳

罂粟花开了
微微地开了
一朵又一朵

如果爱恋

与谢野宽

如果爱恋，就摘几束花

那飘着麝香的石竹花

那弥漫芳香的黄色蔷薇花

还有那野菊虞美人燕子花

还有孤挺花黄金向日葵

还有向西摆动的葫芦花

你是否知道

懂得花的风情的人啊

也会懂得那恋爱如花

你是否知道

那春秋之花

带来回忆的色彩、昨日的芳香

是眼前最新最美的画

为此，才发现了"我"吧

如果爱恋

你就快乐地吟唱吧

你是否知道

在我的诗篇中

我们才能相聚

相聚是永恒绚烂的花

与谢野宽 ｜（1873—1935）后世常称作"与谢野铁干"。歌人、诗人。主要作品有《紫》《天地玄黄》《东西南北》《铁干子》等。

桃　花

｜ 与谢野晶子

不断伸展的花枝上

缀满含苞待放的花蕾

那朝气蓬勃的桃花啊

充满活力充满创造性

从本世纪开始

对女人性情的比喻也要更新词语

我用绚烂美丽的桃花来形容

只看一眼

太阳、风、空气、人的脸颊

就被醉得通红

醉在充满爱和芬芳的桃花中

就像女人明天的热情

能把这世界变得和平

满目的桃花啊

把今天的世界

变成三月最美的风景

与谢野晶子 ｜ （1878—1942）歌人、诗人。主要作品有《乱发》
　　　　　 ｜《恋衣》《小扇》《舞姬》等。

桃　花

｜山之口貘

美美子说

当有朋友问起

你的故乡在哪里

她常不知如何回应

我说

有什么纠结的，不是冲绳吗

美美子说

冲绳是爸爸的故乡

茨城是妈妈的故乡

在东京大家来自的地方各不相同

我问她

那你是怎么回答的

她说

爸爸是冲绳

妈妈是茨城

我就是东京

我点上一支烟

信步走到室外

桃花已开，笑迎春风

山之口貘 ｜（1903—1963）诗人。主要作品有《思辨之苑》《山之口貘诗集》等。

春天的回忆

｜中原中也

该回家吃晚饭了

把摘下来的莲花

扔在了春天雾霭弥漫的大地上

我毫不在意地拍拍手

却仍恋恋不舍地眺望

我在路上开始跑起来

迎着天空的暮色苍茫

回到我亲爱的家

扑面而来的是温馨安详

不知是秋日夕阳中

连绵的丘陵还是袅袅炊烟

让我陶醉让我痴狂

仿佛置身在古代

大殿上的富丽堂皇

方阵舞美　长裙飘扬

方阵舞美　长裙飘扬

但总有一天

方阵舞曲将不再回荡

中原中也 ｜（1907—1937）诗人、翻译家。主要作品有诗集《山羊之歌》《往日之歌》，译著《兰波诗选》等。

春天和婴儿

| 中原中也

那不是婴儿吗

在油菜花田熟睡

在油菜花田被风吹动

不，在天空鸣响的是电线

尽管婴儿熟睡在油菜花田

电线，从早到晚响个不停

一辆辆自行车穿行

穿过了对面的马路

穿过了粉红色的风

穿过了粉红色的风

还有白云快速流动

闪过的是油菜花田

婴儿就放在那田垄

明亮的春光

| 古贺春江

春天，光线膨胀

物体都变成了椭圆形状

去看看小蝌蚪吧

它们在明亮的水中

悠闲地做着黄粱美梦

胸前用红绳挂着金号的村童

是春天里最可爱的天使模样

鱼仰卧在阳光下

和天空的鸟儿捉着迷藏

小燕子离巢出窝

踩在已发芽的草上

河边的紫花地丁

把人想成神仙模样

人看紫花地丁如珍珠般闪闪发光

在粉红色的窗帘里面

田野里的姑娘

在把神话的灯点亮

古贺春江 ｜ （1895—1933）诗人、画家。主要作品有《海》《窗外的化妆》《深海的情景》等。

暮 春

尾形龟之助

白天

我发现路边田地的一角

一小块被隔开的地里

正开着葱花

蝴蝶，落在花上

宛若少女一般美丽

黄昏

我看到残月很快要落下去

而山坡下正有一列

刚刚点亮车灯的电车飞驰而去

尾形龟之助 ｜ （1900—1942）诗人。主要作品有《彩色玻璃小镇》《有拉窗的房子》等。

树林与思想

｜宫泽贤治

喂

快看啊

雾霭弥漫的对面

有蘑菇状的小树林在生长

我的思想

更快地流向那个地方

而且全部融入了其中

于是这一带充满了款冬花的芳香

宫泽贤治　｜（1896—1933）诗人、童话作家、教育家。主要作品
有诗集《春与修罗》《心象开关》，童话集《生意兴隆
的饭店》等。

村

| 三好达治

鹿仍然睁着因恐怖睁大的眼睛

它，已经死亡

那表情就像不爱讲话

但爱讲死理儿的青年一样

在伐木工棚房檐下

傍晚蒙蒙细雨淋在它身上

（那鹿，是狗咬死的）

大腿骨处

长着蓝蓝的含有青黑色的毛

伤口处比山茶花还要红的鲜血在流淌

伸展着像手杖一样的脚

屁股上有些发白的毛含着水

一副难为情的模样

不知从哪里飘来一阵葱香

结香花在开

小屋的水车不停旋转着时光

三好达治 ｜ （1900—1964）诗人。主要作品有《测量船》《南窗集》《山果集》《闲花集》等。

郁金香

｜三好达治

蜜蜂的振翅声

消失在郁金香的花丛中

微风中隐约可见

迎客的红房子，一片寂静

新月夜

｜三好达治

新月初上，影子彷徨

秋风瑟瑟，无限凄凉

一年一年，老了岁月

枇杷花香，飘向何方

铁匠的儿子阿憨

福士幸次郎

梨花开得雪白

今天却又下起雨夹雪

浊水急切地涌进铁匠铺的雨水管

赤裸的柳树

任凭雨雪淋湿了绿色的嫩叶

铁匠的儿子阿憨

哭着闹着

在叮叮当当的对锤声中

想要吃刚下来的草莓果

铁匠敲打着铁砧

手震得通红，一锤一锤敲打着

啊，别做梦了，快醒醒，阿憨！

这世间多的是

溺爱儿子的鳏夫

和像表针跳动般喜怒无常的处女生活

在这时光的寒来暑往中

我的心是凋落了的花朵

我的身体只有没完没了的

与季节不符的饥饿

福士幸次郎 │ （1889—1946）诗人。主要作品有《太阳之子》《展
　　　　　　 │ 望》等。

苹果园的月亮

| 伊藤 整

从大地上

升起大大的月亮

啊，雾霭弥漫

像纱一样地透亮

只见苹果园

雪白一片，花开正旺

远处的蛙声已经停歇

传来湍急的流水声响

我在这里几乎把一切遗忘

她，在月光的照射下

气喘吁吁地微笑走来

专注地听着我讲

甚至想

我做什么她都会原谅

我被妖艳的花吸引住了心房

在夜雾中

她那深邃的含情目光

发际如银色闪亮

啊，苹果园的月夜

我感觉思绪在飞扬

伊藤　整｜（1905—1969）诗人、小说家、文艺评论家。主要作品有诗集《冬夜》，小说《鸣海仙吉》等。

茉莉花

| 蒲原有明

我呜咽着叹息着心中的忧伤
轻轻纱帐在阳光下透明闪亮
映出你的姣容仿佛花儿一样
明媚的田野茉莉花依然芬芳

摄魂的声声细语在心中回荡
我愿拥抱着你一任泪水流淌
忧伤说不出来，梦不会松绑
隐隐的痛从此刻印在我心上

那一夜啊你离开了我的目光
寂静的夜传来霓裳飒飒作响
我只想说我的心已碎神已伤

你的房间飘荡出那茉莉花香

也有你的微笑随着花香荡漾

沁入我的身体也治疗我的伤

蒲原有明　｜　（1876—1952）诗人。主要作品有《春鸟集》《有明
　　　　　　　集》等。

给未来的回忆

| 立原道造

梦想

常常回到山脚下寂寞的村庄

风儿摇曳着金钱草

在万籁俱静的午后的林间道上

草云雀不停歌唱

晴朗的蓝天上是耀眼的阳光

火山进入梦乡

而我

虽然知道没有倾听的对象

依然诉说着看到的一切

——岛屿、波浪、海角、日光、月光

梦想

已不再前行

我想把一切遗忘

直到把该忘尽的事情全部遗忘

梦想

会在严冬的回忆中冻僵

于是，打开窗

让梦想

在寂寥中走在繁星照耀的路上

立原道造 ｜（1914—1939）诗人。主要作品有《寄语萱草》《拂晓
　　　　　｜和傍晚的诗》等。

躺在草地上

立原道造

那是在被花儿镶嵌的
高原森林中的草地上
鸟儿一遍又一遍快乐地歌唱
美妙的歌声
在朦胧的耳畔回响

我们眺望着山那边
默默观赏着天空景象
蓝天熠熠生辉
白云淡淡流淌

——幸福在哪里
在山那边蓝蓝的天空上
在天空下那陌生的小村庄

山峦沐浴温柔的阳光
我们的心温暖而明亮
希望与梦，小鸟与花
我们彼此，情谊深长

福寿草

高桥元吉

很久以来我对福寿草

都视而不见没放在心里

今年，我第一次觉得

福寿草也同样地美丽

从荒凉的黑土地里

数棵草探出头来呼吸

一棵棵开出明媚的黄色花朵

花儿竞相绽放艳丽无比

笼罩在那朦胧的光影里

在那遥远的地方

浮现出童年的回忆

有几多欢喜有几多悲戚

高桥元吉 | （1893—1965）诗人。主要作品有《远望》《耶律》
《高桥元吉诗集》等。

夜行列车

| 萩原朔太郎

拂晓，天刚刚亮

手指碰到窗玻璃上感觉凉

开始泛白的山边

像水银一样静静流淌

旅客还没从睡梦中醒来

只有疲惫的电灯

不断发出的叹息轻轻回荡

甜腻的清漆气味

还有不知哪来的卷烟烟雾

夜车上让干燥的舌头寂寞难当

女人缩紧身体在叹息

——还未过山科啊

松开充气枕的金属扣

女人想静静地躺一躺

忽然两个人紧贴着悲伤

从拂晓的列车窗向外眺望

在这陌生的山村

洁白的猫爪花正在绽放

萩原朔太郎 ｜ （1886—1942）诗人，被誉为"日本近代诗之父"。主要作品有《吠月》《青猫》《冰岛》等。

荒地野菊

| 津村信夫

在河里溺亡的少女
已经无人再提起

在秋日里
村里人家的窗户纸洁白
偶然间看起来如此美丽

少年一个人
像哨兵一样
在路旁伫立

从那天午后
火山百无聊赖地
吐出缕缕烟絮

少年奔跑起来

他看到了一个影子

他向那个影子跑去

那是一棵什么

在田野上熠熠生辉

随风轻轻摆来摆去

那是荒地野菊

那是荒地野菊

津村信夫　│　（1909—1944）诗人。主要作品有《爱之神的歌》《再
　　　　　│　见，夏日之光》等。

夏　草

| 释　迢空

沙海，一望无际
马齿苋，狼尾草
根顽强地深扎在地里
这漫长的难熬的夏季

苦荬菊，山樱草
一任那风沙侵袭
从不装扮自身的美丽
让人心生出无限怜意

山牛蒡，乌蔹莓
早已过了那花期
仿佛是我的容貌
被人轻视使人妒忌

鱼腥草色泽苍白

貌似深沉且静谧

茅草安详又优雅

其实表象是假的

连矮灌木也难逃离

草丛代表古日本之美

三叶草深邃的瞳孔

越年草天蓝的颜色

如小小徽章光芒四溢

这是我对杂草的印象

责怪我不知所云的胆怯吧

我想把它们一气放倒

用大火烧成灰，不留痕迹

释　迢空　|　（1887—1953）诗人。主要作品有歌集《山海之间》，
　　　　　|　小说《死者之书》等。

孤飞蝶

北村透谷

　　一只孤零零的蝴蝶，在夏日的傍晚，随着吹动树叶的风，轻轻地飞个不停。

　　蝴蝶随风舞动着一双翅膀，那色彩斑驳的蝴蝶，偏偏要寻找花的行踪。

　　蝴蝶迷失在春天的田野里，就像昨天一样，既不是心中不安，也不是迷失了方向陷入困境。

　　今天会不知不觉过去，时光飞逝，春天会过去，夏天会过去，不知明天的旅程。

　　看蝴蝶的人忧心忡忡，蝴蝶一路寻花何时停歇，从东飞到西，从西飞到东。

　　蝴蝶飞个不停，飞过即将在秋天开放的荻花，飞过今晨开放的牵牛花，扇动翅膀飞向空中。

　　它不会在宇宙中迷失了身影，只是明天的雨、傍晚的风，是否会让它更加孤零。

　　我就像这孤独飞舞的蝴蝶，在这夏日的黄昏，独自彷徨，等着夜色中的月明。

秋风吹落树叶，明天田野乡间一切将挂满白霜，草木凋零，不知今夜在哪儿入梦。

随着生命消失，无处可去；一路寻花，到头来都是尘世一场梦；有黄金，有权威，有美女，到最后总会梦醒。

北村透谷 ｜（1868—1894）诗人。主要作品有《囚徒之歌》《蓬莱曲》等。

流动的云

｜ 岛崎藤村

来到院子里

一个人伫立眺望

穿过盛开的秋海棠

云，在天空流淌

流向更神秘的远方

岛崎藤村 ｜（1872—1943）诗人、小说家。主要作品有诗集《嫩菜集》《一叶舟》《夏草》《落梅集》，小说《破戒》等。

黄金向日葵

| 石川啄木

我的最爱是黄金向日葵

在曙光初现的钟声中苏醒

直到睡眠，听着傍晚的风

金黄的花啊

追着太阳，憧憬光芒

令人眩晕，异彩纷呈

金色的向日葵

这，如果是梦

是永恒的醒来的现实的梦

这，如果是影

是温暖的，祥云环绕的

阳光升起的生命的影

这，如果是浑圆的

正如没有华盖遮挡的光的宫殿

置身于光影中

因为绚丽，仿佛成为王者

看啊，那百花向草地致敬

今天

在我爱恋的日子里

每天不停旋转的向日葵

向着太阳充满憧憬

石川啄木 ｜（1886—1912）诗人、歌人、小说家。主要作品有《憧憬》《一把沙子》《可悲的玩具》《叫子和口哨》等。

星与花

土井晚翠

由同一"自然"母亲怀里

哺育成长起来的姐妹

天空的花叫星星

人间的星叫花卉

虽然彼此相距遥远

星与花却具有一样的香味

星的光芒、花的微笑

在夜里相互交映生辉

天破晓，云泛白

天空的花凋谢枯萎

看那掉下来的一滴白露

化为人间的星的眼泪

土井晚翠 | （1871—1952）诗人，与岛崎藤村并称"双璧"。主要
作品有《天地有情》《晓钟》《东海游子吟》《曙光》《天
马之路》等。

花的短歌

| 与谢野晶子

一

春夜的小雨

淅淅沥沥的大原

在那花丛中

野狐在反复出没

鸣叫在寺庙周边

二

紫色的蝴蝶

在梦里翩跹飞舞

仿佛看到了

故乡飞舞的藤花

藤花在故乡飞舞

三

秋天的傍晚

拉拽牵牛花枯枝

竟有新发现

那山茶花的蓓蕾

静静孕育在下面

四

把那枝蓼花

插在了竹帘之上

躺下来想象

仿佛是黄昏时分

夏日彩虹挂天上

五

仿佛涂上了

那淡蓝色的天空

白色野菊花

一路绵延地绽放

好像把天空触碰

鸟之篇

忧愁的少年
羡慕小鸟的飞翔
想像它一样
自由地飞翔歌唱

雁

| 千家元麿

在温暖静谧的傍晚天空

百余只大雁

排成一列在飞行

在天地不动的寂静中

奇妙地默不作声

仿佛它们步调一致

一个个奋力扇动翅膀

排成黑色的队形

静静地不发出一点儿声音在穿行

如果脱离队形，翅膀就会发出噪声

也有的气喘吁吁，疲惫不堪

但是，这一切地面上根本听不清

它们沉默着，用心灵慰藉着心灵

互相帮助着飞行

前面的飞到后面

后面的飞到前面
心灵抚慰着心灵
拼命地，勇敢地飞行

其中一定有母子，有兄弟姐妹，有朋友
选择在这温柔、寂静、无风、傍晚时的天空
形成一个整体在飞行
啊，这一群温暖的心灵
在天地不动的寂静中只有你们在飞行
沉默地，快速地
转瞬间飞过，不见了踪影

智惠子

——随风飞扬

高村光太郎

疯了的智惠子不再说话
只与蓝鹊千鸟互传所想
防风林连绵不断的山冈
一片松树花粉飘出金黄
梅雨中的晴天春风拂面
九十九里海滨烟波浩荡
智惠子的身影若隐若现
松露长在白色的沙滩上
我一边一个个捡着松露
一边慢慢追着她的方向
蓝鹊和千鸟是她的朋友
对已丧失人的理智的她

美得惊人的早晨的天空

是她最好最好的游乐场

她——智惠子在那里飞翔

高村光太郎 ｜ （1883—1956）诗人、雕刻家。主要作品有《路程》
　　　　　　｜《智惠子抄》《典型》等。

智惠子与千鸟为伴

| 高村光太郎

阒无一人的九十九里海岸

智惠子坐在沙滩上在玩儿

智①、智、智、智、智——

无数的小伙伴把她的名字呼唤

沙上留下一串串的小脚印

千鸟聚集到智惠子的身边

口中总是念念有词的智惠子

举起双手向千鸟召唤

千②、千、千——

千鸟央求着智惠子

把手里的贝壳给它们玩儿

智惠子把贝壳哗啦啦抛出去

智、智、智、智、智——

---

①② 智、千，在日语中同音，都念"chi"。

成群的千鸟把她的名字呼唤

人世间的一切，不再与她相关

智惠子留下孤独的背影

毅然决然走向大自然的彼岸

我沐浴着松树花粉

伫立在不远处的防护林中

在夕阳中

目送着她渐行渐远

秃毛的鸵鸟

| 高村光太郎

养鸵鸟有什么意思呢

在动物园十多平方米的泥泞里

腿显得太粗大了吧

脖子显得太长了吧

在下雪的国度

缺羽少毛显得不合时宜

肚子饿了会啃硬面包吧

鸵鸟的眼睛一味地望着远方

燃烧着希望，眼神却忧伤无比

盼望故乡的风马上吹过来吧

那小小的没有装饰的头

因为装着无边的梦想而高高扬起

看看，这还是鸵鸟吗

人类啊

这样的行为，赶紧停息

燕子之歌

立原道造

灰暗中孤零零的我

忆起那魂牵梦绕的远方村落

那时玉簪和苔草开出易凋谢的花

山羊叫着

一天天就这样度过

温馨的早晨充满欢乐

你看

春天的天空下起伏的群山

飘荡着你未知的云朵

燃烧，明亮，消失

在远方的村落

我在等待，不顾一切

那时，今天，在对面

一定有人和我一样在等着

不久

你不知道的夏天又将回来

我要去拜访

朝着你的梦

朝着我的屋檐下

望着那片寂寞的海

因希望和梦想变得蔚蓝而辽阔

鸟啼鸣的时候

｜立原道造

一天，听鸟叫时

我的内心在欢腾

耳朵沉浸在沉默里

是多么美妙的笑声

仿佛有味道的花色

天上是云的流动

用手指着，用眼睛追逐着

在草丛中做起慵懒的梦

念念不舍，心情摇动

侧耳倾听羽虫的啼鸣

画着小小的弓

歌声同样消失在天空

消失了

云消失得无影无踪

年轻的门已经打开

看见了蓝蓝的天空

天空的色彩

在阳光下辉映

鸟的短歌

｜ 石川啄木

一

忧愁的少年

羡慕小鸟的飞翔

想像它一样

自由地飞翔歌唱

二

还在故乡时

每天听到麻雀叫

忽然想起来

已有三年没听到

三

听布谷鸟叫

就会发作的朋友

你的病怎样

是否都已经见好

四

满怀着忧愁
爬上那座小山丘
不知名的鸟
啄着红的沙棘果

五

不见空知川
皑皑白雪盖上面
不见一只鸟
唯我一人立林间

六

白颈鸦叫着
皎洁的冰面发光
钏路的海上
映着冬天的月亮

七

海滨的城市

潮水带来了雾气
呼噜地叫着
鹚鹰被压着飞低

八
小阳春天气
光射磨砂玻璃上
映出鸟的影
一任思绪去飞翔

九
雪中原野路
看到一只画眉鸟
一跳一跳地
在树丛里面嬉闹

十
梦中听见了
布谷鸟叫一声声
不能忘记它
多少悲哀说不清

海 鸥

| 石川啄木

披上一身清幽的海藻

枕上一片白昼的沙滩

从容、自信、洁白的海鸥

闪亮的翅膀划过这波涛间

她在岸边溅起的飞沫中觅食

她竟在我的脚下把翅膀收敛

我张开双手引吭高歌

海鸥既不惊叫也不飞远

在湿润的沙滩上行走

面对涌来涌去的波涛气定神闲

她的双眼，瞪得很大很大

瞳仁里闪烁着大海的蔚蓝

那仿佛是神秘的一汪清泉

凝聚着千万颗珍珠的光线

海浪，是你欢乐的歌曲

无边的大海是你的家园

只要你展翅飞翔

就会显示你的气魄非凡

那么，你所到之处，目光所及

什么恐怖、轻蔑、羞辱、疑虑

一切的卑鄙都会统统走远

天空，清澈、蔚蓝

啊，你这逍遥的天使哟

你伫立在世俗的罗网里环顾天地间

你打开了清净之门从此啊逍遥无限

只可惜我们这些大自然的宠儿啊

无法飞到

那宛如天国的路途太遥远

啊，朋友

我有一个请求

你可否将你那闪亮的不知疲倦的翅膀

暂时借给我——你这没有翅膀的伙伴

哪里有你

哪里就有和平、快乐的熏风拂面

哪里有你

哪里就有金黄的太阳高照在云端

只是在这人世间

污浊的风吹得太久太远

自由的花朵已被遗弃多年

不朽与诗的纯真早已沦陷

乌　鸦

宫泽贤治

淡蓝色的天空下

透明的风吹过

高原的雪的反射中

晒成茶色的松树

一列列各自摆动

一只乌鸦被紫外线灼痛

落在一棵长成异形的树心上

急切地要想起古老的黄色的梦

风，不断地通行

树，没有依靠随风摆动

乌鸦，仿佛一只小船

随着冬天的光线起伏

故意地晃动

但雪的雕刻却格外沉静

鸟的迁徙

| 宫泽贤治

一只鸟飞越葱绿色的天空

我听见一两声杜鹃的啼鸣

身体巨大且水平飞行

仿佛是谁在模型上

安了弹簧让它升空

这确实让人怜意心生

鸟儿迁徙

刚才的声音在时间的轴上

绘出青色箭镞的曲线图形

蔚蓝色天空的边际

和闪亮叠嶂的山峰

已看不到鸟的踪影

此时正在我妹妹的墓地方向啼鸣

从墓地的森林松树荫下

黄色的电车在缓缓滑行

一片玻璃在颤动

另一片挨着的玻璃亮晶晶

鸟儿不知何时

绕着后面制砖工厂的森林啼鸣

或者是另一只杜鹃吧

刚才那只紧紧闭住嘴巴不出声

也许它很想喝水

一边仰望着天空

一边在墓地后面的松树上停着不动

——那种图形存在于

鸟儿鸣与不鸣的圆缺中

也存在于那质朴的音谱中

如果是在第六交响乐中

更会被水平地投影

寄鸟忆亡妹

| 宫泽贤治

穿过这片森林

就会回到刚才的水车边

确实是一群迁徙的斑鸠

尖叫声响在耳畔

彻夜里在银河的南端

白光闪闪爆发不断

萤火虫如繁星点点

而且风不停地摇曳树木

鸟儿无法安静入眠

所以才会那样吵闹叫唤

只是

我刚刚步入森林中

是些多么怪异的家伙啊

竟然如此猛烈地

竟然如此更加猛烈地叫唤

宛如狂风暴雨一般

这里是大片的丝柏林

从那一根根黝黑的树枝上

在各处天空的碎片中

以不同的姿态呼吸抖颤

云送来了所有年代的光的目录

鸟太过吵闹

我木然伫立默默无言

微白的道路向前伸延

从一片树丛的洼地上

红浊的火星升天

只有两只鸟不知何时悄悄飞来

响着清澈的吧嗒吧嗒声飞向天边

风吹过

送来银的分子和温暖

送来所有四面体的感触

萤火虫飞得更加絮乱

鸟急雨般地不停叫唤

从森林尽头的尽头

死去的妹妹的声音

传入了我的耳畔

即使不是幻觉

也不必重新思考为什么

因为谁都会有同样的思念

青草的热气和丝柏的气息益发强烈

鸟儿也越发喧嚣吵闹

为什么要那么叫唤

即使往稻田里灌水的人们

悄悄走在树林的边缘

即使南边的天空

不断有星星流过一闪一闪

那也没有什么危险

照样可以安安静静地入眠

花鸟图谱

——麻雀

宫泽贤治

在蓝色的枫树中

把身体弄得乱蓬蓬

梳理着自己羽毛的瘦弱麻雀

张开肩部的羽毛遮住太阳

看起来像贝壳一样

如果合上羽毛

就太瘦了，哪有麻雀的模样

跳上一根树枝看青枫

跳上一根树枝迎阳光

跳上两根树枝跌落到樱花枝上

风吹着

麻雀微微歪着头感觉像蜂鸟一样

一只牛虻飞下来

麻雀瞬间扑上去

麻雀就在树枝上

嘴只微微嚅动两次

就已经把它吃光

麻雀从发光的树枝上飞起

稳稳地向雪白的地面下降

爱之鸟

｜北原白秋

捉住了小鸟
它哭着哭着，哭个不停
它又从手中飞向云霄
可爱的、可爱的爱之鸟

刻意寻找却看不到
毫不在意却马上看到
不知白天黑夜的任性鸟
来来往往的风之鸟

想要捉住时它就飞跑
想要放走时却飞回缠绕
喜欢、迷恋，于是追着它
飞翔的火之鸟、爱之鸟

如果翅膀贴翅膀不离开

它，就会成为危险的魔幻鸟

可爱且恐怖的爱之鸟

鸟夜啼

│ 北原白秋

深夜里

白颈鸹鸟叫着

叫不停息

即使关上窗户

仍然感觉阵阵寒意

白颈鸹鸟叫着

叫不停息

即使关上了灯

仍然传来声声鸣啼

白颈鸹鸟

难道你没有父母吗

独自飘零孑然无依

一任夜里的风吹拂

吹落在河面上栖息

白颈鸹鸟啊
难道你就不睡觉吗
就这样叫着不停息
黎明的星已经发白
它都知道累了休息

候　鸟

｜ 北原白秋

在耀眼的白雪上

那是候鸟在飞行

越来越远的天空

一片澄净

越来越高的山岭

屹然高耸

啊，乘鞍岭乘鞍岭

那是候鸟在飞行

海 鸟

萩原朔太郎

在一个深夜的遥远天空
泄露出微白色的灯光
我感到悲伤
转着一家家的海藻晒场
或者在海岸上来回彷徨
听着那黑夜翻涌的波浪
被淅淅沥沥的雨淋湿
张开了那寂寞的心脏
啊，那海鸟飞向了何方
在命运的黑暗月夜飞翔
黑夜里
啄食被海浪弄脏的腐肉
哭泣着
它飞向不再回来的远方

虚无的乌鸦

| 萩原朔太郎

我原本是虚无的乌鸦
在那冬至时高高的屋顶
张开嘴发出叫声
像风向标一样咆哮不停
季节，不用分清
我一无所有两手空空

乌　鸦

| 三好达治

　　风快速吹动的阴云密布的天空，也不知道太阳的行踪，在阒无一人的一条路上，我在无边无际的原野中踽踽独行。

　　风从四面八方的地平线呼唤着我，拽住我的衣袖，掠过我的衣襟，然后那凄凉的叫声又消失得无影无踪。

　　那时，我突然发现丢弃在枯草上的一件黑色的上衣，我又从哪里听到了对我的召唤声。

　　——停

　　我停下来在周围寻找着是从哪里发声，我感到了恐怖的悸动。

　　——脱下你的衣服

　　在恐怖中我感到羞耻和微微的愤怒，但不得已顺从着那个命令，那个声音依然冰冷。

　　——全脱了！把那件上衣捡起来穿上！

　　已经带着不可抵抗的威严，从草丛中向我命令。

我在惨不忍睹的身体上披上上衣，暴露在风中。我的心准备好了——注定失败，不会取胜。

——飞！

但这是多么奇怪、不可思议的语言啊。我环顾着我的手脚，手变成长长的翅膀被弯曲在两个腋下，长满鱼鳞的脚用三个脚趾踩着碎石子，我的心准备好了服从。

——飞！

我被催促着离开地面，我的心一下子充满愤怒，被扎心的悲哀刺痛；执着地离开这屈辱的土地，毫无方向笔直地飞行。感情鞭策着感情，意志让意志更加坚定！

我已经飞了很长时间，远远地飞离那悲惨的失败，翅膀感觉到疲劳，梦见了我的失败应该祝福的希望的天空。但是，啊，那时我的耳畔听到的难道不是固执的命令声？

——叫！

哦，只有现在我才啼鸣？

——叫！

——好的，我叫！

于是，一边叫着，我一边飞行；一边飞着，我一边啼鸣。

——啊、啊、啊、啊

——啊、啊、啊、啊

　　风在吹，在那风中，像秋天撒下树叶一样我撒下语言，有一种冰冷的东西在我脸颊流动。

海　鸥

｜三好达治

啊，狂风怒吼

海鸥在沙丘上空飞翔

在海上没有船航行的

凄凉的海滨沙滩上飞翔

（曾经我也像它们一样）

汹涌起伏的漆黑的波浪

啊，在这遥远的凄凉的地方

被早到的季节风反复推搡

海鸥为了什么飞翔

（曾经我也像它们一样）

波浪摇晃着沙丘

一簇簇向远方涌起的波浪轰响

不久就徒然地消失

海鸥歌唱未到的春光

（曾经我也像它们一样）

啊，嬉戏着这海的凄凉

海鸥短暂地歌唱

声音很快被狂风吞没

但海鸥仍然在海滨呼唤着谁的名字

声音断断续续地回荡

（曾经我也像它们一样）

灰色的海鸥

——关于一种命运

| 三好达治

不知它们从何处飞来
不知它们向何处飞远

那灰色的海鸥
和我们是相同的伙伴

今天
五月的天空如此蔚蓝
今天
向日葵的花高高开在围墙边

有从东方来到这里的船
有的船向西方渐行渐远

天真无邪的孩子在沙滩上
修筑着转瞬即逝的城堡
父亲
坐在这里的阳光下浮想联翩

远处晒着捕鱼的网
货物列车绕过海角的鼻尖

啊，五月的天空如此蔚蓝
而海比天空盛满更多的蔚蓝

只是
在这些可爱的生命之上啊
那海风把云朵卷起高悬

只是
实际上我们的命运
从那高处落到地面

于是
它们整天在那里画着圆
于是

它们整天让谜更加圆满

不知它们从何处飞来
不知它们向何处飞远

那灰色的海鸥
和我们是相同的伙伴

雨中的鸽子

│ 三好达治

那早晨的鸽子
来到松树上啼鸣
鸽子在秋天
鸽子在雨中

踏上久违的旅程
在海边步入梦境

被拐卖的孩子
月亮、骆驼、黑人
——入梦

如果是梦
可以就这样醒来
如果是梦

为什么叹气唉声

那是我的灵魂吗
不再回到夜里的沙漠中

所以鸽子就那样啼鸣
从蔚蓝的大海一路飞行

那早晨的鸽子
来到松树上啼鸣
鸽子在秋天
鸽子在雨中

乌　鸦

│菱山修三

冬天结束了

谁在那里站立不动

乌鸦在远处啼鸣

我在烈日中拖着双腿踽踽独行

它们在晴朗的天空中搭建了很多巢

它们也让搭建的巢

遍布在潮湿的沙滩中

我，只是我

唯有死后的寂静在移动

我准备出发

种下的草花

长长的颈部都被折断

都已经枯萎

面向凌乱的竹板各不相同。

菱山修三｜（1909—1967）诗人。主要作品有《悬崖》《荒原》《梦女》《恐怖的时代》等。

莺

伊东静雄

不能说是"我的灵魂"

那我把证据说给你

在很早以前，年幼时

我的朋友住在一个深山边上

我偶尔到他家去

于是，他向那山

神奇地吹起响亮的口哨

一定邀请到了一只莺歌唱

歌唱得令人难忘，那样美丽

常常让我沉醉让我痴迷

只是不久他为了上医学院到了城里

他山中的家被遗弃

从那往后过了半个世纪

我们都成了年过半百的人
今天在他做城镇医生的诊所再次相遇

我，一切还记得
于是向他问起对当年的莺是否还有记忆
他微笑着回答
没有什么特殊记忆
他的幼年已经过去很久
在更多的七面鸟、蛇、麻雀、地虫中
在数不清的植物中
在气候变化中逝去
而那只莺
和他其他的一切一样
也许湮没在他过去的日子里

但是，"我的灵魂"却记得

于是我自己都不敢相信的一首诗

瞬间涌到我的口中

我把它写下来

作为给你的老年记忆

伊东静雄 ｜ （1906—1953）诗人。主要作品有《致情人的哀歌》
《春日匆匆》等。

小鸟的挣扎

伊东静雄

孩子发现草丛中挣扎的小鸟
孩子当然没有视而不见
但伤痕累累濒临死亡的鸟儿
紧紧咬住孩子的手指不放松

孩子惊慌中忘记了他的温柔
赶紧用力地把小鸟往外一扔
小鸟神奇地向上一个跳跃
翻转着选择了最近处的枝藤

自然地？是的，完全是自然地
只一瞬间，孩子睁大了眼睛
就像一颗石子落在了地上
小鸟安然仰卧在荒郊野岭

金丝雀

| 西条八十

忘记了歌唱的金丝雀

可否把它扔到后山上

不，不能那样

忘记了歌唱的金丝雀

可否把它在后院的灌木丛中埋葬

不，不能那样

忘记了歌唱的金丝雀

可否用柳条鞭子抽打它身上

它看起来会很可怜

不，不能那样

忘记了歌唱的金丝雀

如果用银色的桨

划起象牙的船

漂浮在月夜的海上

金丝雀就会想起曾经的歌唱

西条八十　｜　（1892—1970）诗人。主要作品有《陌生的爱人》《美丽的丧失》《一把玻璃》等。

胸上的孔雀

| 西条八十

如果忘却

总有一天会记起

从胸口上面飞过的

那一群孔雀

午睡的梦里

若隐若现的弯月

轻轻地升起

又缓缓地下落

瘦弱的

肋骨状的田野

青青的麦秸

微微地摇曳

从那上面
踏过而去的孔雀
一只、两只
消失在朦胧的天色

沉默与美的融合

| 三木露风

在深绿色的草木上歌唱的

是什么鸟

是灵魂，还是鸟

听起来比花的味道更香

在傍晚的寂静的空气中

我的灵魂在飘荡

聆听着小鸟欢喜的歌唱

院子里

绿色的树荫下鲜花绽放

让人感到

沉默与美融合的景象

啊，小鸟正飞落

朝向立着高贵的十字架的教堂

三木露风　｜（1889—1964）诗人。主要作品有《废园》《笨猎手》
　　　　　　｜《寂静的曙光》《夏姬》等。

鸟的短歌

与谢野晶子

一

那银杏叶子

似金色小鸟一样

在纷纷飘落

在夕阳西下时分

在连绵的山冈上

二

白色田地里

白百合一望无边

有一对青鹭

从这里轻轻飞过

多么美妙的傍晚

三

圆山南麓下
一望无际竹海里
只要问御寺
他们就会告诉你
有只黄莺在栖息

四

雨不会知道
你是在熟睡之中
或夜不成眠
伴随着阵阵莺啼
静静地下了三天

五

小鸟飞来了
仿佛是一个少女
在那里沐浴
在秋天的树荫下
水洼啊清澈见底

山之篇

也许你的根

已深深扎在千年的岩石中

你们排列在一起

奔腾咆哮，形成绝美的风景

落叶松

北原白秋

穿过落叶松林

凝视着落叶松

落叶松林多寂寞

旅途一路太孤苦

走出落叶松林

又进落叶松林

落叶松林一处处

曲曲弯弯羊肠路

落叶松林深处

有我走过的路

路上常有细雨霏霏

路上常有山风光顾

落叶松林路

总有人在走

望不见头羊肠路

寂寞无法让人留

穿过落叶松林时

不由得放轻脚步

落叶松林多寂寞

我向它耳畔倾诉

走出这一落叶松林

浅间岭上弥漫烟雾

浅间岭上弥漫烟雾

又有落叶松林现出

落叶松林细雨

寂寞更添静幽

唯有杜鹃声声啼叫

唯有落叶松林湿透

世间充满多少哀愁

无常人生更要欢度

山川自有山川的韵律啊

落叶松有落叶松的节奏

山之歌

北原白秋

守护吧，这日本之神

黎明啊，雾霭啊

山，是生命的修祓场

去吧，充满激情地攀登

夏天要试试男人的胆量

那里通向深山

根本就没有路

水流潺潺，鸟儿歌唱

马夫哼着赶马调

樵夫唱响运木腔

早晨，山麓是马驹的放牧场

风啊，使劲地吹吧

让红绳系着的斗笠飞扬

雨啊，不停地下吧

肩上的蓑衣不再漂亮

山由百万岩石连绵

起伏的是香榧树的波浪

走过香榧树林是花的海洋

雪的宫殿，冰的岩洞

倒挂的瀑布直流千丈

快燃起篝火，熊熊地燃起

枕在树下看山峰上的月亮

梦中有铃兰，有山谷间的小百合

下酒菜是野猪肉，真香

守护吧，日本之神

镇守啊，这山

山，是男人的修祓场

眺望的山峰

似云朵似天空

现在就是我们的寝床

大阿苏

│ 三好达治

在雨中，马儿伫立
掺杂着一两匹小马驹的马群在雨中伫立
雨淅淅沥沥
马儿在吃草
尾巴、脊背、鬃毛任风雨吹袭
它们在吃草，在吃着草
也有的呆然若失，垂头伫立

雨在下着，淅淅沥沥
山间腾起烟雾，从中岳山顶上
淡黄的、沉重的烟雾滚滚升起
天上的乌云，不久就漫无边际
马儿在吃草
在草千里滨的一个山冈上
它们专注地吃着被雨水冲洗过的青草

在吃着，它们都在那里静静地伫立

任风吹雨淋

永远在一个地方静静地聚集

即使把百年浓缩在这一瞬间

也没有什么不可思议

雨在下着，雨在下着

淅淅沥沥，淅淅沥沥

明天会死去

| 三好达治

总觉得明天会死去

我已经无路可躲

我走过的山路啊

没有一只樫鸟飞过

这黄昏笼罩的溪水间

深不见底，无边无界

没有樵夫、猎人和烧炭者通过

深深的溪水间

那溪水的对面

是枯草山在静静横卧

那山巅凋零的杂木林

那落向杂木林的淡淡细月

我无法向任何人倾吐

啊，那平日的这些

就是我内心的寄托

那略带悲伤的紫色

一直持续到秋深的季节

那路边开着的松虫草啊

在微风中不停摇曳

无人关注的草花

那略带悲伤的紫色

总觉得明天会死去

我已无路可躲

我走过的山路啊

正被黄昏笼罩着

雨　后

｜三好达治

云，一朵一朵
离开了那山冈
在傍晚的天空飘荡
雨后
山，整理新绿的服装
树枝交叉排成一行行
峡谷深处，杉树林中
有发电厂的灯点亮
回头凝望
云间依稀可见鹿岛枪

笔直耸立的你

室生犀星

山，山山相连

黑宾加峡谷的峭壁

你是峡谷中笔直耸立的英雄

不知道这个称呼是否合适

到处都是你笔直耸立的身影

也许你的根

已深深扎在千年的岩石中

你们排列在一起

奔腾咆哮，形成绝美的风景

山上的火

室生犀星

山上有火在燃烧

几乎烧到了那天空

是谁点燃了篝火

水面上，寂静无声

流星眨动着眼睛

燃烧的山上的篝火

噼里啪啦迸出火星

山河都会老去

室生犀星

这里的山河都会老去

人也会老去

树木会老去

长生的我们也会老去

无论你、我、他

都不会永远活下去

不老不死只是神话

山河，还有人类

都会步履蹒跚地老去

山　脉

室生犀星

兴奋无比

在故乡，汽车扭晃着身躯

从陡峭的山脉脚下穿过去

山上有月亮升起

我们往天上镶嵌着琉璃

只有在今夜，对你

我袒露思念的心迹

五月的山鸡

藏原伸二郎

风，浪迹天涯的旅行者

悄悄通过山岭

这里是山的侧面，万籁俱寂

一只母山鸡在孵卵

蝴蝶，像蓝色的手帕一样

在夕阳西下中飞行

溪水沿着山涧潺潺流动

蜂斗叶和艾草的香气

弥漫在天空中

（无论从哪里都听不见枪声）

夕阳落在最高的山峰

乳色的烟霞从山谷间升腾

片刻，新月像化了淡妆的新娘

慢慢从雾霭中露出面容

——晚上好！山鸡妈妈——

平静的时间过去

在山鸡的腹部有最早的小鸡诞生

伴随着月影，小鸡蹒跚而行

母山鸡温柔地把它搂在怀中

（无论从哪里都听不见枪声）

藏原伸二郎　｜（1900—1965）诗人。主要作品有《东洋满月》等。

像歌声一样慢慢地

立原道造

在朝向阳光的地方

和往常一样，寂静的影子

在编织着细微的图形

淡淡的，且清晰的

花瓣、树枝、树梢

所有的一切都忧伤朦胧

我一直等待着

凝神眺望着

那山的对面

对面的对面的天空

在那一片蔚蓝闪亮的天空

有浮云，有烟霞在流动

古老的小河又在歌唱

小鸟也在快乐地啼鸣
尽管无人倾听

风和风，在轻轻耳语
啊！奇妙的四月风景
我，迫不及待地等着
你——是那么温柔多情
我，凝望着——风和影

早池峰山巅

宫泽贤治

奇特的铁的雄姿

点缀着众多的苔藓

挂着石棉的神经

还有捕虏岩的雕刻

从那岩石群上面

云彩撕成碎片飞过

露水闪着光亮滑落

蓝铃花的每个铃都在颤动

都穿着木棉的白衣闪烁

南边是蓝蓝的平缓的伏松

北边是卷着旋涡的云朵

在草穗和岩镜花之间

要撕碎它们的寒风凛冽

人们泪眼婆娑地不停呼吸着

接踵而至，不断攀登着

经历了整个夏天里

罕见的连续干旱的焦躁

和夏蚕饲养的辛勤劳作

而今似乎为喜悦和寒冷哭泣着

我只是全力以赴地攀登着

对面新起的薄薄的云片

化作白色的火焰在燃烧着

这里绽放着越橘

绽放着梅花草的世界

有微微的岩石的辐射

有云的柠檬味道飘过

关于山的黎明之童话风构思

| 宫泽贤治

有冰凉、起雾的明胶果冻

有燃烧成桃色的棉花糖

还有滑腻适口的

绿色、茶色蛇纹岩米点心

还有挂着伏松茶的糕点

无论是古典风的金米糖

还是银白色的奶酪

还有用蓝色的砂糖做成的米树

一边挂着大大的葡萄干

从深山茴香香料

提取出蜜和各种精华

那里面有碧眼的蜜蜂在抖颤

于是，你再看

风吹着，风吹着

在一片倾斜的蓝铃花上面

美丽的露珠光亮闪闪

我自己仿佛也要被吸引而去

桃源之境的孩子们

快一起来到这天上装点起来的餐桌前

一起快乐兴奋地吃这圣宴

如果这样，我也一定要吃了

从刚才开始我就馋得直流口水

把这些冰凉的果冻连喝带吃地吞咽

我实际上像恶魔般

只要是好东西

哪怕是岩石或其他什么都会吃的

不去分辨，也会饱餐

还有，从那里的岩石的窗棂方格中

是升起了令人恐怖的、刺眼的

熔化了的黄金法轮

还是它变成巨大的银色灯盏

在白色的云中翻转

无论如何都值得一看

在桃源之境的孩子们

把格林和安徒生读完

自己用蒲草编织着裹腿

买来木片做的白色帽子

在这无底的苍凉空气的深渊

来攀登巨大的点心塔尖

从高山下来的男子

｜藤木九三

早晨，我在路上

遇到从高山下来的男子

他从那一年到头看不到山顶

雾霭弥漫的高山上下来

他浑身湿漉漉的，从头到脚

——当然，他打着赤脚

衣服仿佛刚从蓝色的湖水中打捞

虽然还落汤鸡似的滴着水

但他全身却散发着香气与光毫

走近他，越发扑鼻而来

——那高山的味道

那是

雾霭的味道

苔藓的味道

松脂的味道

叶绿素的味道

还有钻木取火的味道

他沉默着

——仿佛有的事不便奉告

他快速地离开

去哪里

当然还不知道

从高山上下来的男子后背上

有金灿灿的佛光照耀

藤木九三 ｜（1887—1970）诗人。主要作品有《屋顶攀登者》《雪线散步》等。

山

| 高村光太郎

山的重量把我压迫

大地耸立的力量

被我在心里抓住不敢放松

山，一动不动

山，从四面八方

不断喷出庄严的寂静

难以承受的恐怖

充满我的灵魂中

咚，咚，咚——从心底

我的心开始剧烈跳动

我全部的意识

转瞬间集中到了赤裸的山岭

充满无穷的力量

充满无穷的生命

我是大山

我是天空

也是那疯狂的种牛

也是那水不断流动

我的心为山脉所有的角落浸沉

山，充盈涨满，涨满益崩

山，伸展身体如掀起波涛

在无边无际的太空中翻涌

嘹亮轰鸣

我的耳畔响起胜利的凯歌声

山上到处是血和肉的欢庆

院落里是自然的慈爱微笑盈盈

我，拥抱所有的一切

我，不由得泪眼朦胧

两个人的山麓

高村光太郎

裂开两半倾斜的盘梯山的后山

紧张地凝望着头顶上八月的天际

山脚下绵延远方的芒草

随风摇曳，仿佛要把人埋起

一半疯狂的妻子席草而坐

重重地靠着我的手臂

像个不停哭泣的女孩一样恸哭

——我很快就要见上帝

她的意识被命运的魔鬼攫走

已与无处可逃的灵魂别离

一种不可抗拒的预感

——我很快就要见上帝

山风冷冷地吹在被泪沾湿的手上

我默默地注视着妻子的身体

从意识的边缘最后一次回过头来

紧紧地把我抓住不肯离去

多想把妻子留住

只是这世界已无能为力

我的心撕裂成两半，脱落分离

在阒寂中与包围我们两人的这片天地

融为一体

浴　火

逸见犹吉

夏天，日光如枪林弹雨

被杀戮的水青冈面目刚毅

哽咽狂躁、光线刺眼

山岳地带透明的云雾烈焰腾起

啊！笼罩被云雾撕碎的忏悔之地

萦绕着黑与金绿

那恐怖的、起伏不断的毒麦之穗

被逆向冲到立着十字架的天际

从遥远的人世间，发出一片火的呐喊

掠过石英和橄榄石的断壁

……烈焰腾起

燃烧起来吧

无边的苍穹热浪卷起

深不见底的凛冽云雾形成无数旋涡

从深沼刹那间迸出光的网隙

上千只小鸟仿佛被判处绞刑纷纷坠落

烂醉恐怖的时刻不断来袭

人，饥饿至极爬上人类自己的尸体

马、鸡之类争先恐后，不再犹犹豫豫

尖叫着，喷着鲜血漂流而去

双目失明冲向黑色的耕地

打破天降的藩篱

顷刻间汹涌起伏的有毒麦穗罩上阴翳

高昂不断的歌声随着巨大镰刀响起

跨在巨镰上，天舒展着和我一同醉去

绞刑架凶残的暗影里

撒着无数种子的恐惧

到这里来吧，朋友

黑和金绿交相照射

在这日光如枪林弹雨的夏季

在这重叠透明的云雾里

烂醉的我要洗白为血肉哽咽的日日夜夜

要袒露身躯捆在无情的水青冈上

沐浴火的飞沫骤雨

逸见犹吉 ｜（1907—1946）诗人。主要作品有《逸见犹吉诗集》等。

榛名富士

萩原朔太郎

让那山峰闪光

让松树枝头锃明

即使山顶雪花飞舞的日子

也让松树上有花开鸟鸣

那遥远的故乡的山

即使昏天暗地结冻

仍然胜过想象中的仙境

让利根川上金光闪耀

愿所愿得偿

一片光明

山　上

我喜欢山上的湖

我喜欢那水底的青空

那青空上浮现出银白色的月亮

正午时分

围绕那月亮

两三条鱼在游动

恰如我们自己一样

啊，人类的寂寞深不可量

穗高岳

｜田部重治

从充满遐想的大地下面
是谁动手造出了这雄壮的姿容
或者是被从天上抛落
不属于这世间难寻的美丽身形
哦，穿越云层而出的穗高秀峰

风暴在峡谷呼啸
却到达不了山顶
白雪透过云隙更闪闪发亮
布谷鸟打破山谷的寂静
仿佛对这一切都视而不见
万籁俱寂！啊，穗高秀峰

有时闪动耀眼的光芒
有时像无所顾忌的恋人一样痴情

时隐时现，出没在

白桦、垂柳、落叶松中

梓川河总是紧贴身旁

极目远眺，直至远方的天穹

今天早晨，从河流岸边仰望

只见山麓间白云藏起，悄然无声

换上了白雪、黑岩和绿色相间的衣装

巨人的身姿与旭日辉映

像宝石一样，清澈透明

田部重治 ｜ （1884—1972）诗人。主要作品有《日本阿尔卑斯和
秩父巡礼》《我的登山之旅五十年》等。

山的欢喜

│ 河井醉茗

所有的山都在欢喜

所有的山都在言语

所有的山手舞足蹈

高兴无比

朝向那边的山

朝向这边的山

有的相聚，有的分离

凸显的山

隐匿的山

有的高，有的低

有的像他人一样疏远

有的像家人一样亲昵

彼此遥遥相望

彼此近在眼底

所有的山

在彼此的爱中沉浸

在阳光的照耀下欢喜

看啊

那生生不息的光辉

正扩展在无边的天际

河井醉茗 ｜ （1874—1965）诗人。主要作品有《无弦弓》《弥生集》《紫罗兰》《杨桐》《塔影》《剑影》等。

我的草帽

│ 西条八十

妈妈

我的那顶草帽不知怎么样了

那年夏天从碓冰到雾积的路上

那顶麦秸草帽掉进峡谷不见了

妈妈

那是我非常喜欢的草帽

突如其来的一阵风把它吹跑

可以想象当时我有多么烦恼

妈妈

当时从对面走来一位青年郎中

脚上缠着绑腿，手上戴着手套

他想帮我捡起草帽

费尽了千辛万苦，却终于徒劳

因为那里是很深很深的峡谷

到处长满了一人多高的荒草

妈妈

那顶草帽真的怎么样了

当时开在路旁的百合花

也许早已经枯萎凋谢了

秋天，灰蒙蒙的雾把那山岭笼罩

那草帽下，每晚也许有蟋蟀在叫

妈妈

今晚，此时此刻

在那山谷间，雪在落着，静悄悄

要把那曾经闪光的意大利草帽

和我写在草帽里面的Y.S.字母

在这万籁俱寂中一起凄凉地埋掉

青青的山脉

｜西条八十

在年轻明亮的歌声中
冰雪消融，花展姿容
青青的山脉，雪中寒樱
盛开在那遥远的天空
今天也呼唤着我们的梦

再见了，旧的外套哟
再见了，那寂寞的梦
青青山脉玫瑰色的云
令人向往，令人憧憬
鸟儿为旅途中的姑娘啼鸣

被雨水淋湿的废墟
无名的小花仰望天空
青青山脉耀眼的山顶

令人怀念，令人心动
看见它泪水又湿了眼睛

梦见父亲梦见了母亲
那旅途的尽头的尽头
是那连绵的山脉青青
向着翠绿的山谷出发
为年轻的我们敲响钟声

登高望远的歌

｜ 岛崎藤村

登上高峰极目远眺
我久久向往的山川
看起来格外地明净
凌驾于青空的云峰
碎絮远融蔚蓝之中

凹凸的一块块巉岩
连起山脉蜿蜒纵横
如大海的波涛汹涌
大山祇神社在摇动
仿佛夺走我的魂灵

有人诽谤有人怨恨
那展翅奋飞的苍鹰
冲破那虚无的天门

翱翔在高高的天空
没有留住它的云层

晴空万里绿意浓浓
一望无际的田野中
向东的河流在奔涌
前面是紫色的山麓
滔滔河水流个不停

啊，疾风乍起太空
云仿佛自然地舞动
被迷茫的雾霭笼罩
在黑暗的山谷穿行
我的心飞向那高峰

回首看尽皆已超越
山已成为身后之景
看不见寂寞的原野
也没有荒芜的踪影
尽管有阳光的照耀
故乡啊却隐在云中

美丽的溪谷

| 百田宗治

我从没见过这么美丽的溪谷

溪谷被珍奇的树木掩映

一只野兽的身影

早晨跑下溪谷

傍晚又在悬崖处攀登

百田宗治　|　（1893—1955）诗人、儿童文学作家、词作家。主要作
　　　　　　品有《空无一物的庭院》《泥泞的街道》《蓝色翅膀》等。

绿色的山冈

三木露风

美丽的绿色山冈

在令人怀念的那个山冈

铺上静静的梦想

一天我登上那山冈

躺在草地，闻着芳香

唯有爱恋

唯有遗憾

唯有悲伤

日光来自海上

绿色到处荡漾

眺望银色田野的远方

那地平线连起的地方

沉默，在闪闪发光

啊！那令我欢喜的线
啊！那令我眼花缭乱的线
那地平线，有止不住的悲伤

绿色的山冈
幻想的地方
我的心有泪流淌
地平线啊
比恋爱的眼睛更热烈
看，如画般闪闪发光
唯有爱恋
唯有怀念
唯有悲伤

啊！我曾经的岁月
有一天要把它埋葬

山的短歌

与谢野晶子

一

在那高野山

春雨绵绵下不停

在那寺庙里

可是少年剃度日

传来一阵阵钟声

二

富士山脚下

滨名湖一望无边

绿色芦苇荡

黎明时的湖水啊

染成了紫色一片

三

在山顶松树
落着雪花的岚山
初春好时节
想和你一起踏青
想和你一起攀登

四

是因为想你
走进箱根山深处
不知道是否
又是因为想你了
要从这深山走出

五

九月的秋天
来到了这赤仓山
花萼在凋谢
仿佛感觉这花萼
再无绽开之日了

海之篇

他凝神望去，久久伫立

海边唯有他自己

他伟岸、坚毅

堪比大海

海岂能比

无比美好，无比神奇

这一切都在他的身上汇集

大海里的年轻人

| 佐藤春夫

年轻人在大海里出生

风帆的乳汁把他筋骨铸就

他快速地长大

仿佛长成参天大树

一天，他出海再没回来

波浪再没把他送回原处

也许他用坚实的脚步

大踏步地走进了大海的深处

活着的伙伴

哭着为他修了小小的坟墓

佐藤春夫 | （1892—1964）诗人、作家、评论家。主要作品有《殉情诗集》《我的一九二二》《魔女》《抒情新诗》等。

海滨之恋

佐藤春夫

收拢落叶松针的

恰似少女的你

点燃落叶松针的

宛如少男的我自己

少男少女肩靠着肩

在短暂燃烧的火堆旁依偎在一起

两个人兴奋地手拉着手

沉醉在幻觉般的幸福里

夕阳西下，青雾腾起

若有若无，飘散迷离

海边的幸福啊如此短暂如此神秘

海滨之恋就像松叶之火刚燃即熄

海

| 山村暮鸟

被拉上沙滩的渔船

阴郁的海的情感

这从遥远的海面滚滚而来

在波浪间起伏的海的情感

这阴郁的波涛啊

来自何方

这巨大的力量啊

深不可见

海醒着

涛声日夜不间断

浪花撞击海岸卷起千堆雪

我在想

在那里起居的渔夫是否平安

老渔夫

| 山村暮鸟

我发现了人类

我发现了这位年长的老渔夫

渔夫在海边伫立

他爱这大海

虽然到了这把年纪

仍在眺望不已

渔夫一直爱这大海

现在依然爱这大海的生生不息

他凝神望去，久久伫立

海边唯有他自己

他伟岸、坚毅

堪比大海

海岂能比

无比美好，无比神奇

这一切都在他的身上汇集

你看他那钢铁般的骨骼

你看他那红铜般的躯体

啊，你再看他那忧郁的额头

条条皱纹又深又粗，粗狂有力

我发现了真正的人类

真正的人类就在这里

他曾在海里看到如山一般的鲸

疯狂的波涛像断崖一样涌来涌去

面对黎明中美丽而庄严的太阳

他不由得跪拜不起

啊，这湛蓝的大海，一望无际

而在渔夫面前不值一提

浪花涌来

碎成飞沫

冲洗着渔夫的足底

感受冬天海的光

｜ 萩原朔太郎

远远地感受冬天里海的光

听着寂寞的滔天巨浪

心里一片忧伤

今天穿过狭长海峡的船客是谁

船客们晒黑的胳膊因波涛摇晃

眺望着冰冷的浪花飞溅

眺望着海岸的沙滩上松树梢的生长

在阳光下爬动的蝼蚁们令人可怜

伤感地看着它们爬到沙堆上

远远地感受冬天里海的光

啊，忧愁难禁的一天时光

听，滔天巨浪轰然作响

面对巨浪的汹涌而来

快把那孤独、怀恋、纯银般的铃声儿摇响

那种孤独，那种怀旧

慰籍着我受伤的肉体和我的心房

海 边

萩原朔太郎

因为年轻，那眼睛里充满忧郁

一个人孤独地走下沙山

我的脚在斜坡上打滑

松动的沙子静静地落在那脚趾上面

因为是何等年轻啊

开在这身影下的刚冒芽的小草也在打颤

年轻时的悲叹，连贝壳也不去捡

午后的天空一片蔚蓝

海，被眼泪浸湿

湿润了的波浪不停涌现

那遥远的海面闪光的是什么鱼

因为年轻，一个人走向海边

默默地撕着一张张纸

在这无聊的时光里权作消遣

一只只海鸥穿过遥远的地平线

有瞳孔的海边

| 萩原朔太郎

炎炎的烈日下

圣人在大地上行走

圣人来到海边

看海浪向岸上涌流

海浪冲洗着沙粒

圣人在哗啦哗啦地行走

他的脚泡得发白了

他心中充满了愤怒

忍着脚的烦恼

他独自在海滩行走

看！烈日下的沙丘

有那燃烧着的瞳孔

他的手上有鱼

但是无法让它畅游

圣人潸然泪下

踏着无尽的沙金路行走

海的短歌

| 石川啄木

一

东海小岛畔

我一人泪流满面

在那白沙滩

独自逗着螃蟹玩

二

对着那大海

准备哭上七八天

就这样想着

和家说了声再见

三

北方的海滨

潮水散发着香味

在那沙山岸

今年也开着蔷薇

四

想起津轻海峡

美好时光惹人醉

因为晕了船

妹妹眼光深似水

五

函馆大森滨

白浪涌来声阵阵

想起多少事

时光逝去不留痕

六

伴随着波浪

碎冰哗啦啦作响

海边月夜里

我又回到了故乡

七

心灵受伤了

感觉到难以忍耐
来到了海边
就想看看这大海

八
海的角落里
连起的各个岛上
秋风吹起了
吹来一阵阵凄凉

九
涂成白色的
那一艘外国的船
风平浪静时
轻浮在二月海湾

十
看那个女人
口中叼着雪茄烟
夜雾中伫立
在那浪涌的海边

大海啊

立原道造

大海啊

太阳辉映在海面波光万道

请把耀眼的大海的音讯传送

飘散着玻璃和绿宝石碎屑的早晨的风

你那让帆船航行的你的风

而我在这高原的草丛

淹没在蒲草的浪涛中

闻着遥远的鱼腥

还有贝壳、沙的气息

闪烁在人的皮肤上的彩虹

大海啊，小小泡沫的自言自语

比天更蓝

比天空更高

请把耀眼的大海的音讯传送

城之岛的雨

北原白秋

雨下着，下在城之岛的海滩上

灰蒙蒙的雨

似珍珠，似黎明时的薄雾

还似我默默的饮泣

船远去，如箭一般

船被淋湿，帆正高悬

船靠橹的节奏

橹靠歌的韵律

歌是水手的气魄

雨在下着

雾霭弥漫

船远去，帆朦胧

北　海

中原中也

在海里的
那不是美人鱼
在海里的
那只是波浪

北海阴沉的天空下
波浪到处露出凶相

没完没了地
诅咒着天上

在海里的
那不是美人鱼
在海里的
那只是波浪

月夜海滨

中原中也

海滨的夜晚

月亮挂在天上

一枚纽扣

被谁遗落在沙滩上

我拾起了它

将它放进袖兜

并非觉得它有什么用场

只是不忍心让它

就这样遗落在沙滩上

海滨的夜晚

月亮挂在天上

一枚纽扣

被谁遗落在沙滩上

我拾起了它
将它放进袖兜
并非觉得它有什么用场
但我不能将它抛向月亮
我也不能将它抛进海浪

月夜，拾到的这一枚纽扣
触动了我的手指
打动了我的心房

月夜，拾到的这一枚纽扣
为什么让我难以丢弃不想

脸上的海

｜西条八十

老婆啊，看啊

我们孩子静静的睡颜

天正午

红木转椅在微风中旋转

现在

父亲轻轻地摘着

小小的紫花瓣

可爱的山梗菜

一点一点落在孩子睡时的脸

落在眉毛、落在睫毛间

天真的小脸

紫色的花瓣

仿佛在朦胧中荡起的小船

（关上窗户啊，阳光太强太耀眼）
父亲倾听着很早以前海的波澜——

桌上，有我在读的
阿曼的英国起源史
——北方的海
灰蒙蒙的雾中船舵声声入耳畔
盎格鲁-撒克逊人出现了
于是把令人胆战的不列颠人赶进森林中
在原始的岸边建起新的家园

啊，孩子的脸似海
天真的雾霭渐渐飘散
不知不觉飘得越来越远

老婆，看啊
在正午的阳光下
在那海面上
来回穿梭的是花瓣小船

山海旅情别有天

| 河井醉茗

海边的旅馆有潮水的味道弥漫；山中的旅馆空气中飘浮的是苔藓的味道。

后院凌乱地放着贝壳、鱼筐，因为靠近海边；院子里堆放着枯树枝和草筐，因为靠近着山。

海边旅馆的女佣一定是涂着香粉；山中旅馆的女佣一定不会涂粉打扮。前者大都是外来者居多；后者是本地的女人多半。

海边的旅馆有一种妖冶妖艳；山中的旅馆有一种古朴风范。

山中的旅馆住一晚标准价格五十钱；海边旅馆标准价格是一元①。

整夜耳边听着声声海浪，好像有些孤单，却让你不由得气定神闲；

---

① 一元等于一百钱。

以为是下雨了——那潺潺流淌的溪水声，在灯火昏暗的夜半的床上听起来，寂静得让你的心有些发慌发颤。

海边的旅馆，天黑得晚，睡得也晚；山中的旅馆，天黑得早，早早上床入眠。

海边的旅馆，即使早早天亮，旅馆里的人还睡得香甜；山中的旅馆，拂晓天未亮，旅馆里的人已经起床睁开了眼。

夜里喧嚣一时的客房已经安静下来，但还未休息还在洗洗涮涮的女佣，一阵阵悦耳的流行歌曲传入她们耳畔；她们不禁想起流浪的身世，让海边旅馆的旅情更加浓艳。

一看时间，天应该早就亮了，但是在山里，还是黑黑的外面；以为不会有别的客人，但高声说话的一定是住旅馆的人，不由得有种亲切感。

山中旅馆有温泉；海边旅馆有海泉。

山中旅馆，只住着一路旅行辛苦的人，彼此多有亲切感；海边旅馆，只住着轻松旅行的人，彼此像陌生人一般。

山上湖畔旅馆，有一种沉默、窒息、神秘感；海边旅馆则有一种动荡、开放、自由的浪漫。一静，一动，不同天。

在桔梗、黄背草、黄花龙芽盛开的时节，骑着马悠悠荡荡地越岭翻山，古时候的旅行就是这般悠闲；租条船在海边划来划去的时候，心情宽广无边，想象着遥远的海上天鹅住的孤岛的生活，憧憬在心间。

船主多是老人；骑马的多是年轻的伙伴。

住在高山时，无论精神怎样沉静，但明显感到自己心脏的跳动加快，是因为空气稀薄，氧气少了点；住在海边时会总觉得渴，是因为空气里含了太多的盐。

山中旅馆，感觉一切拘谨古板；海边旅馆，仿佛一切自在悠闲。

白日的悲伤

| 川路柳虹

寂静无声

如死亡一般

北海

白天的海边

沙子上

炽热腾腾的

地气腾起

白得耀眼

不闻任何声息

晾干的网

无力地垂落在竹竿上

晒干的鱼

味道无法蒸发完

四处飘散

只有两个人的旅行

突然越过沙丘

感到格外疲倦

映在眼中的

是暗黑的

正午时的海面

无法形容的

白日的悲伤

激荡胸间

阳光普照在

北海的

海边

川路柳虹　│（1888—1959）白话自由诗创始人、画家、美术评论
　　　　　　│家。主要作品有《路旁之花》《行路人》《远方的天空》
　　　　　　│《波》等。

洲崎之海

| 室生犀星

一

不要到红艳艳的阳光下
那青色的额头在光下会疼

二

你在熟睡时如硫黄一样的面容
亲切的额头像死亡般一动不动

三

冬天荒凉的洲崎之海
一个人醒来有些悲伤
抚摸着身体有些冰冷

四

离开旅馆，无家可归

在凄凉的末班电车里垂下了额头
和你一起夜色渐深的是海的隆冬

五

从黎明中开来的电车
不知要去哪里，还没有清醒
在苍茫的天空有大雁在穿行

六

啊，我想起洲崎之海
他，在故乡是否安宁

海滨独唱

室生犀星

我默默地流着眼泪

孤独地蹲在海岸边

因何而流的泪水啊

像蓝色的波浪涌来，打湿我的脸

看，湿透的沙滩映出我凄惨的身影

被浪花不停地裹挟去远

携我影子而去的波涛悲凉不断

在漫长的海岸线

唯有我形只影单

啊，孤独的我就像浪花

融入那大海的一片蔚蓝

有人家的岸边

| 室生犀星

我在想

从冬天的山里跑出来的寒流

向着大海，来不及喘息

我想它通过时

会把有人住着的岸边洗劫一空

沿着有人家的岸边

瓦砾、马口铁、纸屑不停地飘动

大海会把它们运到很远吧

波涛会把瓦砾、马口铁冲到他乡异境

那里也有人居住，聚集在岸边

拾起瓦砾、马口铁

会睁大了眼睛

也许我们的现世和生活

被人解释记录在历史中

那波浪向我们反扑过来

掀起雾霭迷蒙的波涌

从遥远的地方回来的新鲜

也许会把我们唤醒

我们该如何回答

他们的语言要表达的一切

是否会在旭日闪耀的岸边伫立读懂

有明海的回忆

｜伊东静雄

马车在远处的光中驰去

我孤单单地留在海边

海浪把最后的一滴海水煮沸

滴落在了天的彼岸

那里进行着沉默的合唱

月光下窗边的恋人

草丛中的犬

山谷中潺潺小溪

歌声在穿越无边的泥海的辉映中闪光

却不见到达我的岸边

淡淡的歌声回荡着时隐时现

我极目远眺绿色的海岛

被梦想点燃的少年

不断地划着各自小小的滑板
奋力划向目标的岛岩

啊，爷爷讲过的故事回响在耳畔
深陷在泥海里的少年
化身为无数亮晶晶的花缘牡蛎
从此与大海相依相伴

漂　泊

｜伊东静雄

深海底的海藻

仍旧在日光中抖颤

一片海藻叶子

自然地睁开眼

漂浮到陌生的海湾

我才懂得

啊，那经历多少载港口的彼岸

是起起伏伏的波浪摇篮

永远带着恐惧和傲慢

用歌声让我们入眠

我看不到——

追逐着蔚蓝天空中的鸟儿

鱼群追逐云母岩般的光线

绕过睡醒了的我们

坚定的橹声响彻海面

啊，远方的人，不要把我们阻拦

岛上的人正一起划着船

我要告诉他们——

现在，海湾深处的岩峰间

正为孤独者洁身沐浴喷射清泉

傍晚的海

｜伊东静雄

宁静的、苍茫的暮色

和不停摇动的白色波峰

从灰色的海上扑面而来

塔尖亮起不为人注意的绿色的光环

那光，像毫无目的的无益的预感

引人注目需要很长时间

随着夜色逐渐增加着亮点

不久

它会有规律地旋转，不知疲倦

在灯塔闪烁的绿光下

大海无论怎样无聊

整个晚上都掀不起波澜

凝望灯塔的光

| 伊东静雄

黑暗的海上

灯塔上的绿光

多么暖人心房

一闪一闪，不停旋转

在我的夜里

整夜，都在彷徨

你

给了我的夜各种各样的意义

有说不出的叹息和期望

啊，叹息，期望

多么暖人心房

虽然什么也没有

灯塔上的绿光

在我的夜里

整夜，都在彷徨

海　上

三木露风

来访的是月光
来访的是风

夜，打开面向海上的门
波浪一片洁白，一片青青
从远方传来微弱的
喧嚣者们唱起的歌声

不经意的歌声啊
从远方朦胧地流动
仔细倾听
都是我曾经熟悉的人
熟悉的歌、熟悉的声
她们，都是我熟悉的清纯少女
而且，都有过去岁月里的恋情

如今

曾经歌唱的少女啊

成为美丽的墓穴被埋葬在泥土中

我的心中，岁月已经褪色

但仍止不住地哭泣，梦中一样悲痛

想起来，我们曾随歌声相伴而行

今晚，娇艳的月装点着夜

海上都是音乐在流动

海的短歌

与谢野晶子

一

思念那大海

数着那潮起潮涌

一阵阵轰鸣

仿佛在父母身边

做起我少女的梦

二

起伏的波浪

有金色也有桃色

吹来一阵风

重峦叠嶂波浪涌

湖里的水结了冰

三

海峡的灯塔

灯光在闪个不停

照着我的心

一如我漂泊的心

不知何处是归程

四

从那云朵间

有月亮升起来了

那一幅美景

沁入了我的身心

是春夜海的天空

五

在伊豆海边

暮色苍茫时遥想

不用怀念你

也不会再有我的

千年之后的寂寞

POSTSCRIPT_后记

在这本日本近现代诗歌精选——《一片油菜花》译作付梓之际，我想以一段文字来表达我的思考与感谢。

《一片油菜花》不仅是一本诗集，它更像是一扇窗，透过它，我们得以窥见日本自然美景与文化精神的深邃融合。

日本的文化，有着与自然和谐共生的哲学气质。在这本诗集中，花的娇美、鸟的自由、山的雄伟以及海的辽阔，都被诗人以细腻的笔触捕捉下来，通过文字的媒介传递给读者。每一首诗都像是一幅画，描绘了日本四季变换中的独特景象，让读者仿佛亲临其境，在感受到自然之美的同时，也能触摸到诗人的情感世界。

《一片油菜花》中的诗歌不仅仅讲述了自然景观，更深层地反映了日本人对于自然的敬畏之心以及与自然和谐相处的生活态度。这种态度不仅体现在诗歌中，也是日本文化一贯的主题。通过诗歌，我们可以了解到，对于日本人而言，自然不只是生存的环境，更是心灵的寄托和精神的源泉。

《一片油菜花》中的每一首诗都如同一颗珍珠，独立而晶莹，当它们串联在一起时，更分外耀眼。随着时间的推移，自然景观可能会发生变化，但那些绚烂的花朵、自由飞翔的鸟儿、美丽的山川以及浩瀚的大海，将会永远定格在我们的记忆中。

在翻译《一片油菜花》的过程中，我总是深深地感动于其中。这些诗歌不仅是对自然之美的赞歌，更是对生活哲学的深刻思考。希望这本诗集能够成为读者心中的一片净土、忙碌生活之外的静谧之地。希望每一位读者都能够在阅读之中找到心灵的慰藉，感受到生活的美好。

诗集能够出版，要特别感谢我在大连外国语大学攻读日本语言文学硕士时的导师陈岩先生，他亲自作序并对每一首译诗进行修改润色。同时，要特别感谢万卷出版公司王维良社长的热情鼓励。感谢资深编辑张洋洋女士为编校诗集倾注的大量心血。感谢旅日的唐亚明先生、马晓平先生和大连外国语大学的于飞老师、孟海霞老师提供的帮助。感谢所有的好朋友。

最后，我要感谢我的家人，正是有他们的包容与支持，我才能有时间安静下来，在浩瀚的诗篇中寻找"花鸟山海"，并把它们变成读者的诗和远方。

应中元

2024年4月